Caillou^{MD}

va à l'école

Adaptation du dessin animé : Anne Paradis
Illustrations : Eric Sévigny, d'après le dessin animé

chouette dhx media®

Chaque matin, Caillou guette à la fenêtre l'arrivée de l'autobus scolaire. Il salue de la main son amie Sarah avant qu'elle ne monte dans l'autobus. Caillou aimerait bien prendre l'autobus lui aussi.
–J'ai hâte d'aller à l'école, soupire Caillou.

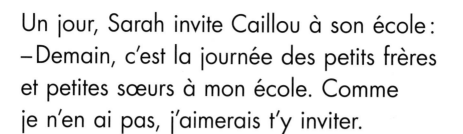

Un jour, Sarah invite Caillou à son école :
—Demain, c'est la journée des petits frères
et petites sœurs à mon école. Comme
je n'en ai pas, j'aimerais t'y inviter.
—Aimerais-tu accompagner Sarah à l'école ?
demande papa.
—Oh oui ! s'écrie Caillou.

Le lendemain, Caillou et maman
préparent un sac pour sa visite à l'école.
—Crayons, papier, repas, tout y est,
dit maman.
—On a oublié Rexy! s'exclame Caillou.
—Il va s'ennuyer tout seul dans
ton sac, explique maman.
Tu auras tellement de choses
à faire à l'école.

Maman dépose les enfants à l'école.
–Je viendrai te chercher après le repas,
Caillou.
L'école semble si grande. Caillou se sent
un peu nerveux.
–Veux-tu me tenir la main ? demande Sarah.
Ne t'en fais, Caillou. L'école, c'est aussi très
amusant.

Caillou n'a jamais vu de salle de classe. L'endroit lui semble agréable.
Caillou court prendre une balle.
–On peut jouer?
–Non, Caillou, il est interdit de lancer des balles dans la classe. Allons au gymnase pour le rassemblement!

Au gymnase, Caillou veut grimper sur l'échelle.

—Ce n'est pas le moment de jouer, dit Sarah. Le directeur va nous parler. Il faut s'asseoir pour l'écouter.

Caillou trouve qu'il y a beaucoup de règles à suivre à l'école !

—Bienvenue aux futurs élèves ! commence le directeur.

Après le rassemblement, Caillou retourne dans la salle de classe. Il adore dessiner au tableau.
—Tu as de la chance, Caillou. D'habitude, on écrit au tableau seulement quand l'enseignante nous le demande.
Drring!
—Qu'est-ce que c'est? demande Caillou.
—La cloche qui annonce la récréation. Suis-moi!

-J'aime ton école, dit Caillou.

-Moi aussi, mais j'aimerais avoir plus de temps pour m'amuser dehors, répond Sarah.

Drring !

-C'est l'heure de rentrer, Caillou. La récréation est finie.

-Déjà ?

Caillou comprend Sarah. La cloche sonne souvent à l'école !

De retour en classe, Caillou est content de voir qu'on peut peindre et dessiner à l'école.
—Je vais faire un dessin de ton école.
—N'oublie pas que ce sera aussi ton école un jour, dit Sarah.
—L'année prochaine, j'aurai l'âge d'aller à l'école, dit fièrement Caillou.

Encore une fois, la cloche sonne. Mais cette fois-ci, c'est pour annoncer le repas.
– Qu'as-tu apporté à manger, Caillou?
– Un sandwich, des carottes et une compote.
– Miam ! J'adore la compote, dit Sarah.
Caillou aime être à l'école avec Sarah. Il se sent comme un grand.

À l'arrivée de maman, Caillou a plein de choses
à lui raconter.

−J'ai dessiné au tableau, mais je n'ai pas appris à lire
et à écrire.

−Pour ça, tu dois aller à l'école tous les jours, explique maman.
Caillou n'est peut-être pas tout à fait prêt pour l'école.
Mais pour la sieste, il est fin prêt !

Texte : Anne Paradis d'après le dessin animé CAILLOU, produit par DHX Media inc.
Traduction : Patricia Bittar
Tous droits réservés.
Scénario original : Thomas Lapierre
Illustrations : Eric Sévigny, d'après le dessin animé CAILLOU

Les Éditions Chouette remercient le Gouvernement du Canada et la Société de développement des entreprises culturelles du Québec (SODEC) de leur soutien financier.

Crédit d'impôt livres   Gestion SODEC

Catalogage avant publication de Bibliothèque et Archives nationales du Québec et Bibliothèque et Archives Canada

Paradis, Anne, 1972-
Caillou va à l'école
(Château de cartes)
Pour enfants de 3 ans et plus.

ISBN 978-2-89718-314-1

1. Écoles - Ouvrages pour la jeunesse. I. Sévigny, Éric. II. Titre. III. Collection : Château de cartes (Montréal, Québec).

LB1556.P37 2016   j371   C2015-942343-0

MIXTE
Papier issu de sources responsables
FSC® C103304